포레스트 웨일 공동 작가

바람이 불어오니
봄이 왔다

김채림(수풀) | 한민진 | 투야니 | starlit w | 보고쓰다 | 최정은
꿈꾸는쟁이 | 손아정 | 다담 | 마뜩한 별 글 | 정수환 | 정예은
백우미 | 은아 | 장서윤 | 윈터 | 진지혜 | 별찌 | 작은나무 | 가명
노기연 | 느루 | 미소 | 글짱 | 사랑의 빛 | 최예린 | 김혜진 | 김미생 | 황엽

FOREST
WHALE

차례

필명   **봄**   **페이지**

이슬 맺힌 유리정원

풍겨오는 온갖 짙은 향기
햇살에 비친 꽃길따라 가을 건너
하늘과 구름 사이로
굵은 가지가 뻗어 나아갔다

풀잎 위에 맺혀 뒹구는
물방울이 땅으로 떨어져
내 얼굴을 적시며 흔들었다

아무리 도망치려 해도
정신을 잃고 빠져나오지 못한 채
그대 마음을 훔친다.

2. 김채림(수풀)

내게 찾아온 인연의 끈

내게 찾아온 인연의 끈

선과 선이 이어졌다 끊기면
또 다시 내게 오는 봄 향기
하늘보다 높이 손을 뻗어
당신에게 닿기를...
님을 보려 턱 받치고 기대어 있으니
나는 님과 애길 담고 싶어
 수줍게 내 맘을 고백합니다

튤립 한 송이든 소녀

설렘이란 두 단어로
그의 체온이
온전히 전해집니다
날 보는 넌
수줍은 튤립 같아
불어오는 봄 향기
향한
사랑이 다가오네요
다음 세상 살아가도
영원히 나의 삶 속에
첫사랑이기를

봄이 왔어요

춥고 힘든 겨울이 지나
따뜻하고 포근한 봄이 왔네요

춥고 힘들었던 겨울을 잊고
따뜻하고 포근한 봄을 만끽 해보는 게 어떨까요.

2. 한민진

여러분의 봄 이란?

여러분에게 봄 이란 무엇인가요?
저에게 봄은 새로운 인생입니다.

겨울이 지나 새로운 인생이
다가오니 저의 새로운 인생입니다.

봄을 비유 하자면?

봄을 비유 하자면?
아름다운 벚꽃의 인생이 되지

봄을 비유 하자면?
커플, 가족들의 데이트하기 좋은 날이 되지

너는 봄

겨울이다. 차에 둔 생수병이 간밤에 살짝 얼었다.
살얼음 얼은 물병을 쥐고 흔들었더니 얼음이 깨지고
녹았다. 얼음을 와드득 씹어가며 물을 마셨다. 이가
시리고 몸이 추웠다.

당신 마음을 계속 흔들어도 될까
당신 얼마나 얼어있나 나는 알 수가 없다
당신을 녹이려 안고 있는 내가 얼어가고 있는 것도
같고
당신이 조금 녹은 것도 같고

내가 할 수 있는 게 뭔가 해도 되는 게 뭔가 사랑이라
는 이름으로 괴롭히는 게 아닌가 했다.

준다고 한 적도 없고 줘야 하는 것도 아닌데
마치 받을 것이 있는 것 마냥 혼자 서운해했다
그저 가까이서 당신이라는 사람을 알게 되고
사랑하게 된 것에 감사해야지 했다.

오늘 나는 조금 성숙하기로 했다.
그래서 한발 물러나기로 했다.
그저 바라봄으로 당신의 반짝임을 지켜 봄으로 사랑
을 표현하기로 했다.

봄이 오길 기다리기로 했다.

봄에는 꽃이 피길 바라기로 했다.

봄비

은은하게 꽃향이
퍼질 듯
흘러가면

하늘에서 비가
내릴 듯

나뭇잎에 톡톡
인사하듯

비가 내리면

그것이 봄비이겠지

피고 지듯
아름답게 피우다가

봄비를 만나 꽃비가 되기를

낮

깜깜한 어둠에
낮은 사이에
비추는 불 빛들이

낮을 알려주듯
따스하게 내리는 빛이

유난히 추웠던 날

봄을 그리워하며

꽃 피우기만을 기다리며

그곳에서 나 피우리

바람이 불어오니 봄이 왔다

바라는 것

바라며 살아갔던

순간 들을

너는 기억하고 있었을까?

늘 너를 기다리며

그곳에서 멈추어

너와 그린 순간 들을

떠올리며

시간을 보내곤 했어

봄에 만난 너에게

나에게는 눈이 소복하게
쌓이는 겨울이 왔어

시간이 조금 더 지나
바람을 타고

올 그 순간을 기다려

너와 만난 첫 순간 그 순간을 위해

바람이 불어오니 봄이 왔다

이르게 핀 꽃잔디

뭐가 그렇게도
급했는지
겨울의 한복판에
피어난 꽃잔디야

추운 바람을 맞으며
너의 그 아름다움을
보여준 것에
나는 아무 말도 없이
그저 감사할 뿐이었다고

마음속으로 전해본다

봄이 찾아와
간만에 바라본 그곳에는
너의 모습은 시들었지만
새롭게 피어난 꽃잔디가
주변을 환하게 밝혀주는구나

미리 피어오르지 말고
봄날에 같이 피어올랐으면
좋았을 걸 하며
생각해 보았지만

너의 때에 맞춰
피어올랐던 그 마음을
칼바람에도 어여쁘게
피어올랐던 그 모습을

바람이 불어오니 봄이 왔다

기억하련다
사랑하련다
간직하련다

따스한 봄날에
시든 너의 모습도
담아두련다.

봄, 추억

그대는 알고 있는지
꽃이 만발해
같이 떠났던 날

그 수 많은 꽃 중에
그대의 웃음꽃
훔쳐보기 바빴던 나를

혹시라도 보다 들킬까
그대가 내 얼굴을

바라봐줬을 때
황급히 시선을 돌려
꽃을 보는 척했던 나를

애써 침착한 척
두근거리는 마음을 숨겼던 나를
그대는 알았을까요

물어볼 그대 이젠 없지만
그때의 마음 담아
그대에게 전해봅니다.

겨울과 봄의 간극

겨울이 봄이 되기
아쉬워 투정을 부리는지
마지막 한기를 뿜어내는구나

겨울아
이제는 봄에게 양보해 주었으면
좋겠다

봄이
따스함을 뿜낼 수 있게

꽃을 피워낼 수 있게
한 걸음 뒤로 물러나 줬으면
좋겠다

봄의 온기를
여름의 활기를
가을의 쓸쓸함을

한 아름 안고
다시 찾아갈 테니

부디 아쉬워 말고
원래 있던 그 때에
기다려주렴

봄이랑, 봄

너의 웃음에는 꽃이 핀 것 같고
너의 말에는 부드러움이 담겨있고
너의 행동에는 따듯함이 느껴지니까

그럼 나는 너를 이렇게 밖에 기억 못 하겠어. 봄.
나는 너를 봄이라 기억할게.
봄인 너랑 같이 보낼래. 봄.

너의 계절이 오면 생각할게

『너를 만난 건 벚꽃이 피어나는 어느 날이었다.
바람이 살랑살랑 불어왔고
그 바람에 너의 머리카락이 흩날렸고
나의 마음에도 바람이 불었다.
그 바람은 점점 커져서 태풍을 만들었다.』

『그랬던 내가 너를 잃었다.』

창문으로 푸른 하늘과 아침 해가 떠 있는 화창한 하늘을 바라보는 지원.

지원: (중얼거리며) 오늘 날씨가 좋네.

『아무에게도 말하지 않았지만, 나에게는 좋아하는 사
 람이 있다.』
지원은 시선을 돌려 누군가를 바라봤다.
지원의 멈춘 시선에는 자리에 앉아있는 시윤이 있었다.
『그렇다, 나는 같은 반 시윤을 좋아하고 있다.』
지원은 책상에 팔을 두고 손을 턱에 가져다 대고 시
윤은 계속 봤다.
시윤은 친구와 함께 얘기하면서 웃고 있었다.

지원: 음…. 오늘도 이쁘게 웃네.
지원: 나한테만 웃어주면 좋을 텐데…
시윤은 누군가의 시선이 느껴져 고개를 돌려 자신을
보고 있던 지원을 봤다.
시윤은 입 모양으로 지원에게 얘기했다.

지원: (작은 목소리로) 응..? 뭐라고 말하는데..

지원: 뭘.. 쳐.. 다.. 봐..?

시윤의 입 모양에 당황한 지원.

지원은 헛기침을 내며 다른 곳으로 시선을 돌렸다.

시윤이 다시 고개를 돌려 친구와 얘기하자

지원은 다시 시선을 돌려 시윤을 봤다.

『나는 오늘도 너를 볼 수 있음에 감사해.』

그렇게 생각하며 하루하루를 보냈었다.

그런데 그 하루들을 뺏어가는 일이 생겼다.

.

그날은 예고 없이 비가 왔다.

술을 먹고 운전대를 잡아 속도를 줄이지 않는 달리는

차가 있었다.

그 차 때문에 신호등이 초록 불이 되어 집으로 잘 가

던 시윤은 우산에 가려져 보이지 않았던 차를 미처

피하지 못하고 그 차에 치이게 되었다고 듣게 됐다.

나는 시윤의 사고에 대해 전화를 받고 그 자리에 주
저앉았다.
병원으로 급하게 달려갔지만, 도착한 나의 앞에 펼쳐
진 건…. 심장 소리가 멈춘 채 눈을 감고 온몸이 피투
성이로 누워있던 시윤이었다.
시윤의 어머니 울음소리, 사망 사실을 알려주는 병원.
모든 것이 꿈이길 바랐다.
하지만 시윤의 심장 소리가 꿈이 아니라고 말하고 있
었다.

숨이 막혀 그곳을 나온 지원은 하늘을 봤다.
비가 그쳐 맑은 하늘이 펼쳐진 것을 보고 헛웃음과
함께 눈물이 흘러나왔다.

『예고 없이 내리던 그 비는 예고 없이 시윤을 데려갔다.』

순식간이었다. 너를 보내는 일은

장례식을 하고 화장을 했다.

많은 사람의 울음소리가 울려 퍼졌고 나의 소리도 그

속에 묻어갔다.

아직도 믿기지 않았다, 사실이 아니길 바랐다.

다시는 너를 볼 수 없다..

『시간은 너를 잃어도 지나가고 나는 살아가고 있다.

 너의 자리는 빈자리가 되었고 그 빈자리에는 꽃이

 대신 자리 잡았다.

 나는 매일 그 자리를 한참 바라본다.

 혹시나 네가 돌아올까 봐

 다시 나를 보며 웃어줄까 봐

 네가 돌아오지 못하는 걸 알아도 널 기다렸다.』

시간이 흘러 졸업을 앞두게 된 지원.

안 쓰던 사물함을 정리하기 위해 사물함을 열었다.

사물함 안을 본 지원은 처음 보는 한 봉투와 초콜릿
이 들어있었다.
봉투를 들어 이리저리 보다 봉투 뒤쪽을 보았다.
지원은 아무 말도 하지 못한 채 계속 봉투만 쳐다봤다.

그곳에는 [prom, 시윤]이라고 적혀있었다.

지원은 심호흡하고 봉투를 열었다.
그 안에는 편지가 들어있었고
지원은 조심스럽게 읽어나갔다.

『안녕, 최지원
나 편지 처음 써보는 건데, 좀 어색하네.
있잖아, 우리 처음 만나던 날 기억해?
그때 벚꽃이 활짝 펴서 이뻤는데.. 또 보고 싶다.
사실 나 그때... 너한테 반했었는데...
최지원, 좋아해. 그때부터 지금까지 쭉 좋아했어.
너도 같은 마음이었으면 좋겠다... 말해보고 싶었어.

너 좋아한다고.

말이 너무 많았다. 이만 끝낼게.

아, 같이 넣어둔 초콜릿은 오늘 밸런타인데이잖아..?

그냥 준비해 봤어.

그럼 안녕, 내일 보자 우리.』

지원: 아... 밸런타인데이면..

『네가 떠난 날이잖아... 』

지원은 초콜릿과 봉투를 들고 주저앉아 눈물을 흘렸다.

『드디어 알았는데, 어디 갔어... 너에게 좋아한다는 말
도 해주지 못했는데... 』

그의 울음소리는 교실을 가득 채웠다.

『너를 처음 만났던 날, 너의 뒤에는 벚꽃이 가득 피어
있었어. 너의 얼굴, 너의 말, 너의 웃음. 모든 게 벚꽃
보다도 다 이뻐서 너밖에 안 보였어, 그래서 있잖아.
너는 말이야, 어떤 이쁜 꽃보다도 나에게 네가 봄이
었어.

그러니깐... 나는 봄이 되면 널 생각할 거야.

그리고 그걸로 날 살아가게 될 거야.

다행이야, 나에게 봄이 있어서.』

온통

날아오는 봄의 향기도
살랑살랑 불어오는 봄바람도
너무 차갑지도 뜨겁지도 않은
따스한 봄 햇살도
봄에만 볼 수 있는 벚꽃비도
향기롭고 예쁘게 피어나는 봄꽃들처럼
봄의 모든 것들이
당신이었으면 좋겠다.

내게는

곧

당신이 봄이고

내 마음의 햇살은

바로 당신이니까...

내게 봄은

온통 당신이다.

다가와

먼 데서 날아오는 봄 향기처럼
살랑거리는 봄바람 타고
당신이 있는 곳이라면
어디든지 갈 테니
나와 마주치면
봄 나비처럼 나에게
다가와 따스한 봄 햇살처럼
나를 안아 주세요.

따스한 봄 햇살도 좋지만,
나에게는 봄 햇살보다도
당신이 전해주는 당신만의 그 온기가
더 좋으니까요.

그러니까 다가오는 봄과 함께
다시 한번만 더 다가와 주세요.

화창한 봄날에...

네 번의 봄이 지나도록
당신이 사무치도록
보고 싶어
당신의 온기를 느꼈던 그 시간에
아직도 갇혀 그리워만 하고 있다.

부디
화창한 봄날에
당신을 다시 만나
그리워한 만큼 마주 보고 싶어요.

봄이 안겨주는 설렘처럼
당신의 손을 잡고 오랜만에
콩닥콩닥 거리는 내 마음을 느껴보고
싶어요.

화창한 봄날에
당신과 함께
오래도록 이야기하고
싶어요.

바람이 불어오니 봄이 왔다

인공호흡

바람이 봄을 한 아름 안고 왔다

날 스치고 지나간 바람은
내 숨이 되어
내게 봄을 불어넣고 사라지더라

봄이 온 난
그 바람이 네게 닿길 바라며
네게 내 숨을 불어넣는다
전부 가져도 좋으니

봄이 네게 닿길 바라며

봄기운을 충분히 앗아가길

내 숨을 갖길

바람이 불어오니 봄이 왔다

프리즘

꽃이 피지 않는 날
그날은 꽃을 든 우리들의 빛나는 겨울
우리는 서로를 마주했어

흩날려줘 꽃잎들아
내 표정을 숨겨줘
마지막을 아름답게 장식해 줘
울음으로 우리의 마지막을 망치지 말아줘

가득 채워진 흰색을
우리는 이제 전부 던져버리고
한 발짝 더 떠밀려 바다에 발을 담그겠지

꽃잎이 마구 떨어지던 그 풍경 한가운데에서 본 너는
왜 울고만 있었을까

내가 없어도 울지 마
난 어디서나 너를 걱정하고 있을게
어디에나 있지만 보이지 않을 뿐이야

그동안 수고했어
앞으로도 빛날 우리들은
드디어 프리즘을 만나 우리의 색을 찾아갈 거야

얼마나 오래 걸릴지 몰라도 자신의 색을 찾고
그 무엇보다 멀리 나아갈 우리를 축복해

기억전달자

내가 네게 기억을 줄 수 있다면
첫 번째로는 꽃이 흩날리던 기억을 줄게
두 번째로는 혼자 서러워 울던 기억을 줄게
마지막으로는 널 만났던 날의 기억을 줄게

그리고 널 사랑하노라 수없이 입에서만 굴리던 말을
고백할게

거기 그곳, 홍매화

거기, 그곳에서
여전히, 착실하게, 잊지 않고
붉게 피워낼 약속을 지킬 것이기에
너를 만나러 간다.

여기, 이곳에서
여전히, 아직도, 가지 않고
할퀴어대는 시린 바람이 설치기에
너를 만나러 간다.

봄이 없어진다는 무심한 폭력에
기꺼이 핏빛 꽃망울을 밀어내며
일 년 전이 픽션이 아님을 찬란히 말한다.

봄은 가도 사라지지 않는다는
확실한 증명을 남기기 위해
마른 가지에 점점이 피운 꽃으로 진실을 말한다.

짧은 봄

꽃샘추위에 차가운 공기
아직도 겨울인가 움츠리면
온 세상 꽃망울 터뜨리는가 봄
살며시 봄인가 봄

꽃내음 가슴속 스며들어
꽃 천지구나 하면
그새 송이송이 떨어지나 봄
아쉬운 봄인가 봄

봄바람이 가볍게 내려앉아
봄이구나 하면
벌써 더운 바람에 밀리나 봄
여리고 여린 봄인가 봄

그렇게 봄은 서둘러 가려 하고
그렇게 우리는 봄을 돌아서게 하고
짧은 봄에 서로가 분주한가 봄
그리하여 찬란한 봄인가 봄

봄 그리고 감성

봄의 기운이 물씬 다가오고
눈길 닿는 곳마다 묻어나는
따뜻하고 감성적인 이야기들

봄과 감성은 순수함

계절의 순환을 시작하는 봄
세상과 나를 잇는 감성

슬프게도 따뜻한 봄에

꽃 비

꽃잎이 비처럼 떨어진다

흰 꽃잎이 떨어지면
마치 경쟁하듯
분홍 꽃잎도 떨어지고

이미 떨어진 잎들은
어서 오라며
이리저리 움직인다

그렇게 꽃잎들은 떨어졌다.

벚꽃을 볼 때

벚꽃을 볼 때는 나를 떠올려줘
벚꽃으로 태어날지도 모르잖아

바람이 불면 네가 찾아온 거야
너와 아주 먼 곳까지 갈 수 있지

우리는 벚꽃과 바람처럼 함께
있을 때 가장 아름다울 거야

봄을 맞이하는 당신들을 위해

새로운 시작의 종소리를 알리는 3월, 겨울이 가고 봄이 왔다. 이젠 춥고 패딩을 입던 날이 아닌 모두가 자기만의 개성을 꾸미고 한 걸음 새로운 발을 내딛는 계절이다.

나는 봄이 오면 생각한다. 저 아름다운 벚꽃들은 왜 봄에만 필까? 왜 이렇게 사람들은 봄을 반길까? 라고. 나는 모든 계절이 각각 나름의 특징과 장단점이 있다고 생각하지만, 그중에서도 봄을 더욱 특히 반기는 이유는 새로운 시작을 할 수 있기 때문이다.

1년의 쳇바퀴 같은 삶이 지나가고 새로운 1년이 시작

되는 실질적인 시작점이다. 그 시작점에서 우린 무엇을 할 수 있을까? 이미 그 답을 알고 있다면, 당신은 세상 누구보다도 똑똑한 사람일 것이다. 다가올 미래에 닥칠 우려 혹은 기대감, 무엇이 당신을 설레고 힘들게 하던, 묵묵히 이겨내고 작년과 같은 방식의 물레방아와 같은 삶이 아니길 바란다.

 그저 난 봄이었다. 모두 각자의 위치에서 새로운 삶, 새로운 도전을 할 테지만 이 글을 읽는 여러분만큼은 당신들이 겪어왔던 지난 일들을 기억하고 반추하며 가슴 속에 한마디의 말을 새겨 놓길 바란다. 그 말은 당신만이 알고 있을 것이다. 뇌리에 깊숙이 박히는, 어떠한 노력을 해도 잊히지 않는 당신을 속박하는 그 한마디가 이번 봄 여름 가을 겨울을 지냄에 있어 크게 작용할 것이다.

 내 앞에 주어진 것을 위해, 때로는 주변을 살피며 잊혔던 것들을 다시 보기 위해. 나의 글을 읽는 여러분은 자신의 정체성을 잃지 않고 기나긴 여정을 살아가길 바란다.

1. 정예은

할머니의 봄 마중

작은 창가에 걸터앉아 노래를 부르며
아침을 깨워주는 산새소리에
할머니의 굽은 등이 기지개를 켠다.

개나리 꽃가지에 양말을 걸치었던
손녀의 장난기에 볼우물이 패이시고
맑고 푸른 깊은 호수 같은 마음으로 서서

물고기처럼 마음껏 노닐다 가라 하신다
여린가지 기르시던 손끝에

가시덩쿨이 무성하고

봄의 문고리를 몇 번이나 당길 수 있을까?
마음 졸이며 할머니의 두 손에 꽃비 가득 담아 드리며
봄 마중 길 나선다.

2. 정예은

봄꽃 나무

길고 길었던 겨울이 가고
어느새 온통 봄 향기만 남아
두근대는 마음 설레는 이 느낌
모든 게 다 좋기만 한 봄이다

분홍빛에 피어나는 벚꽃이
길거리에 만개했던 벚꽃과
그대 모습이 자꾸만 맴돌고
개나리는 수많은 향기를 뿜어낸다

따스한 햇살이 달콤한 바람 따라
내 맘에 그대가 스며들어오고
꽃나무 그늘진 곳에 앉아서
지친 내 몸을 일으켜 세워준다

봄비가 내리면 벚꽃은
아름답게 저물어가고 그대와
함께 만들어 갈 이 봄날
그대와 나의 지지 않을 봄 속에서

매일 바라왔던 이 순간을
그대와 마주 보며
웃는 지금, 이 순간 때마침
내리는 벚꽃 비도 우릴 축하하네.

벚꽃 속에 추억

창밖의 벚꽃 눈꽃으로 시나브로
그대 꽃송이들과 춤추네
꽃 무 하며 메아리는 봄 선율이다

추억은 눈 감아도 또렷해지고
잔잔한 물결 파도 일어
흰 눈꽃과 추억이 어울려 아름답다.

봄의 여행자들

주름진 잎사귀의 만족스러운 호흡
평온하게 부유하는 햇살

겉은 바삭하고 속은 촉촉해서 한입 베어 물면
혀에 바람이 알맞게 포개지는 것 같아

향긋한 수분은
하늘을 매끄럽게 활강하는 쇠백로 같지

지금, 이 순간 아무도 멈추려 하지 않아

어린 꿀벌의 날갯짓은
무한한 존재 앞에서 기쁘게 박동하고

자라날 씨앗은
웅크린 꿈을 깨워 싱그러운 두 팔을 펼치지

그래, 봄의 포말은 무슨 색을 띠고 있니?

경이로운 미완성의 존재
조용히 피어난 내 소중한 이들이여

그들은 처음부터 다시 살아가지
모든 삶에는 가장 단순한 답이 있다고

어느 봄날

열린 마음엔 언제나 새잎이 돋아나고
누군가에게 들려줄 멋진 이야기가 생겨난다

여기 인적이 드문 좁다란 길이 그러하다

포도알같이 작은 들꽃 사이로 흰나비가 노닐고
두꺼비는 배가 한껏 부풀었다

채취해야 할 때를 놓쳐 억세게 자란 나물 사이에는
흙색의 뱀이 어슬렁 기어다닌다

갓 자란 잔디는 양손 가득 흙먼지를 잡고 휘두른다

그들은 세상의 모든 참새를 믿는다
아무런 걱정 없이

고민 없이 걷는 것도 좋지만
고민이 있는 것도 나쁘지 않다고

손톱 틈까지 배인 향긋한 봄 내음을 만끽한다

나는 그 길을 따라가고 또 따라가다가
수천 개의 생각을 마주한다

그리고 그것들이 모두 폭죽처럼 터져
내 콧잔등에 묻었을 때

충분히 슬퍼할수록
그동안 걸은 길이 기뻤음을 알게 된다.

첫 번째, 두 번째, 그리고 사랑

내게 첫 번째의 사랑은 봄과 같았고 두 번째의 사랑
은 여름과 같았으며 세 번째의 사랑은 가을과 같았다.
사랑이라고 하면 그는 어떤 것을 떠올릴까.

내게 사랑은 이별이었고 아픔이었다. 그러나 첫 번째
의 사랑이 시작되었던 그날은, 봄이 왔다는 것을 짐작
했다. 하늘은 푸르렀고 비가 오지 않았으며 꽃봉오리
가 졌다.

그날의 그 해, 내 나이는 열아홉이었다. 두 번째의 사
랑도 계절은 봄이었다. 두 번째의 사랑이 시작되었던
그날, 그 해는 마음만으로도 충분한 감정이었다.

곧바로 사랑할 수 있을 것 같은 감정이었다. 사랑할 수 있을 것 같았던 그날의 내 나이는 스물한 살이었다. 그는 나보다 한 살 연하였다.

 그런데도 나보다 성숙했고 생각도 깊었다. 우리는 처음 만났던 그날부터 이미 사랑했던 것 같다. 그는 내게 이름을 불렀고 배려하며 우리의 눈이 반짝였다. 그렇게 2년을 만났다. 그리고 세 번째의 사랑은 가을이었다. 짧은 만남을 가졌고 가을 같다면 겨울, 겨울 같다면 가을 같은 그런 사랑을 했다.

 이제는 그의 이름이 생각조차 나지 않는 그런 만남이었다. 내게 사랑은 내 마음을 무시한 채 끝나버린 것이 전부이다.

 하지만 두 번째의 사랑, 그는 여전히 내 마음에 자리 잡고 있다. 이제는 계절이 지날 때마다 그들이 생각난다. 첫 번째의 사랑은 아픔이었고 두 번째의 사랑은 아쉬움이었으며 세 번째의 사랑은 두려움으로 남았다. 이런 나를 보는 주변 지인들은 내가 진정한 사랑을 하지 못했기에 그런 미련이 남는 것이 아니냐고 했다.

어쩌면 그들의 물음이 맞는 말인지도 모르겠다. 하지만 나는 후회하지 않는다. 사랑이 짧든 아쉽든 진정으로 사랑했든, 후회하지 않는다.

왜냐하면 최선을 다해 사랑했고 최선을 다해 살았으며 최선을 다해 계절을 보냈기에. 봄이 다시 왔다.

봄이 왔으니 첫 번째의 사랑도 이제 내 마음의 비행기를 접어 멀리 날릴 것이다. 앞으로의 세상은 과거에 머무르지 않을거라, 다짐한 나였다.

봄과 겨울

추운 겨울과 따뜻한 봄이 만났다. 그 둘은 다정하고도
만날 수 없는 사이였지만 분명한 친구였다. 그런 겨울
은 봄에게 물었다.

"봄아, 시드는 꽃을 피우는 너는 두렵지 않니?"

그랬더니 봄은 겨울에게 대답했다.

"겨울아, 나는 피어오르는 것들을 두려워하는 것이
아니야. 네가 있어야 내가 존재하고 내가 있어야 네가
존재하듯이 우리는 어쩔 수 없는 것이기 때문에
나는 그 어떤 것도 두려워하지 않아."

이번에는 봄이 겨울에게 물었다.

"겨울아, 너는 죽어가는 생명을 바라보며 지켜보는 너를 미워하지 않아?"

그 말은 들은 겨울은 눈을 한없이 펑펑 내렸다. 그리곤 이렇게 대답했다.

"사실은 나도 이런 나를 미워했어. 지켜만 봐야 했기에, 도와줄 수도, 용기를 내어 지켜낼 수도 없었거든."

봄은 대답했다.

"겨울아, 나는 너를 탓하지 않아. 원망하지 않아. 그들도 나와 같은 생각을 할 거야."

겨울은 그들의 눈물을 대신 흘려주기라도 하는 듯 그날은 가장 추웠고 시렸다. 인간들이 살아가는 세상에서는 한파 주의보를 내렸고 겨울은 어느날부터 깊은 잠에 들었다.

그러고는 다시, 또다시 봄이 찾아왔다. 봄은 겨울이 잠든 것을 확인하고는 말도 흔적도 없이 봄이 되었다. 겨울은 봄의 버팀목이 되었고 봄은 겨울의 안식처로 남아있었다. 모든 생명이 태어날 봄. 그럴 봄은 다시 한번 꽃을 피웠고 봄은 겨울이 올 때까지 있는 힘껏

살았다.

그렇게 그 둘은 특별하고도 가장 소중한 계절로 그들의 마음에 남았다.

사랑을 쏟아버렸다

사랑을 쏟아 버렸다.
아픔을 쏟아 삼켰다.

그래야 너의 지옥을 볼 수 있을 것 같아서.
자해한다는 마음으로 문신을 했다.

잘 지낼 것 같은 사진을 올리고
솔직하자는 좌우명을 깨트리며 고통을 삼켰다.
봄이라는 핑계로 잠을 잤고
봄이라는 핑계로 우울을 즐겼다.

주치의 선생님에게 나는 말했다.

"저는 지금이 좋아요.
주치의 선생님이 저를 포기할까 봐 겁이 났어요."

주치의 선생님은 말씀하셨다.

"제가 포기할 것이 뭐가 있겠어요,
은아 씨는 그냥 지금 이대로만
병원에 오셨으면 좋겠어요."

나는 그것도 봄의 핑계로 말했다.

봄이라는 핑계로
우울이 좋다며 말한 것이고
봄이라는 핑계로 포기라는 단어를 입에 올린 것이다.
봄은 유일하게 핑곗거리로
삼을 수 있는 계절이었다.

눈물을 흘려도 봄이 따뜻해서 그런 거라고 했고
우울해도 봄이라서 그런가보다, 말한 것이었다.

사랑은 나를 아프게 하는 것이 아니라고
어른들은 말하지만, 내게 사랑은
나를 아프게 하는 것 같다.

그래서 나는 사랑을 쏟아 버리기로 했다.
그래서 사랑을 쏟아 버렸다.

분홍 빛 아이에게

너의 미소는 참 예뻤어.

멀리서 너의 이름을 부르면, 용케 내 목소리를 알아채
고 뒤돌아 나를 보며 활짝 웃어주던 너의 미소가.

사람들의 설렘과 따뜻해진 새벽이슬을 잔뜩 머금은
듯 너의 몸과 주위는 온통 분홍빛이야.

그래서 네가 나를 보고 웃으면 그리고 사람들을 보고
웃으면 모두가 분홍빛이 되지.

네가 사람들의 설렘과 따뜻한 이슬을 머금은 탓일까.

너의 미소가 사람들에게 설렘이라는 감정을 선물하
고, 차가웠던 이슬을 따뜻하게 데워주는 걸까. 순서는

알 수 없지만.

중요한 건, 나에겐 네가 없으면 안 된다는 거야.

너의 미소가 진한 분홍빛이든, 연한 핑크빛이든 상관
없어.

올해 진한 분홍빛의 모습으로 나에게 온다면 나를 보
며 더 활짝 웃어줘. 그럼, 언젠가 네가 힘이 들어 빛을
잃어간 채 내 앞에 섰을 때, 너에게 받았던 빛을 다시
돌려줄게.

아, 그런데 그전에 한 가지 미리 말해두고 싶은 것이
있어. 나의 빛은 너처럼 분홍색이 아닐지도 몰라.

하지만, 분홍색처럼 예쁜 나만의 색을 만들어 줄게.
기대해도 좋아.

편지를 마치기 전에 한 가지 재밌는 사실을 알려줄
까? 너에게 이름이 있다는 사실을 알고 있니?

우리가 너를 기억하기 위해 만든 이름이야. 마음에 들
었으면 좋겠다.

아 아, 재촉하지 마. 지금 바로 알려 줄 테니까.

너의 이름은 바로 '봄'이야. 사람들은 너를 '봄'이라고

불러.

그리고 나를 비롯한 많은 사람이 너를 기다려. 너를 기다리기까지는 춥고 긴 시간의 연속이지만.

너는 우리 곁에 왔다가 너무 빨리 떠나지만, 그래도 기다릴 거야. 그러니까 꼭 다시 와야 해. 너를 보내고, 다시 너를 기다리는 동안 네가 떠난 빈자리를 채워 줄 다른 계절들의 빛을 모아 두고 있을게. 늦지 않게 와.

그래도 여전히 나는 너만 봄

봄바람을 타고 봄은 왔지만
너는 내게 오지 않았고
그런 너를 보는 내 마음은
햇빛에 사정없이 부서지는 얼음조각 같아
너를 보는 내 모습은
슬피 울며 녹아내리는 눈사람 같아
그래도 여전히 나는 너만 봄

모닥불

봄의 바다, 떠다니는 보석 하나둘 주워다가

우리 사이 피워놓은 모닥불에 휘휘 던져보았더니 더 높게 높게 번져서

아, 바람이 아닌 걸 알았어요. 봐, 이러다 하늘까지 덮고 말걸

나를 믿어요. 문득 바라보는 동안 너는

봄의 바다, 떠다니는 보석 하나 주워다가

내 손가락 사이 둘러주곤 이만큼이나 붉은색인 걸 기뻐했지

모닥불 사이 봄 하늘

우리 바다가 맞을까?

그럼 먼 데여도 늘 곁에 있겠네.

다이빙

돌이 잔뜩 박혀있는 비탈 위에 서 있으면 아래로 사람 하나가 기다리고 있다, 기다리고 있어, 외친다. 내 나이 아주 어릴 때라 그 소리를 받아주겠단 말로 들어 뛰어내렸고 무릎 가운데가 보란 듯 벌어졌다 아, 정말 끔찍한 일이야, 엉엉 울고 있으니 다가온 사람 하나는 하얀 가루로 상처를 덮어주곤 너는 무릎에 달이 있는 거라며 그날부터 나를 귀히 여기어주었다

시간 지나간다. 어떤 이유로든 다친다 넘어진다. 피 마를 날 없고 그때마다 해야 구름이야 별이야 바람이야 꽃이야 열매, 나무, 나무 후후 무릎에 입 맞춘다.

불현듯 그날 비탈면 위에 서 있던 나는 눈을 꼭 감는다. 그래, 나는 괜찮아 너를 위로하나
모른 척 살살 가라앉는다.

동생춘

꽃잎이 떨어진다고 해서
당신도 떨어지지는 마세요

전부 포기하고 싶을 때 잡아 줄 사람이 없다면
내가 가지가 되어 당신을 잡아줄게요

겨울이 지나고 생명이 피어나는 계절에
부디 생명을 쉽게 놓아주지 말아요

그러니 우리 조금만 더 살아봐요

같이 꽃구경도 가고, 축제도 가고, 산책도 해보고, 남

들 다 하는 거

우리 같이 해봐요

지금 세상과 작별하기엔

이 계절이, 돌아오는 봄이 너무도 눈부시고 아름답잖

아요.

매화나무

당신은 과거에 얽매이지 말자고 말했지만
나는 우리의 가장 찬란했던 그 시절을 잊을 수가 없
습니다

세상 무엇보다 탐스럽게 익은 달콤한 매실을
우리의 모습을 대변하듯 화려히도 만개한 매화를
나는 아직도 잊을 수가 없습니다

패자는 말이 없기에
망자는 선택권조차 없기에

나 역시 그들과 다를 것이 없기에
나는 아직도 과거에 머물러 있고
평생 이곳에 머물러 있고 싶기에
나는 그해의 봄에 머물기로 택했습니다

과거의 나를 위해
과거의 우리를 기록하기 위해서

봄바람

우리의 사랑이 봄이라기엔 너무도 차가운 칼바람이
었고
나의 짝사랑이 봄이라기엔 한여름의 녹아내리는 아
이스크림 같았다

이번 서늘한 여름과 뜨거운 겨울이 지나고
봄이 돌아오는 그 어느 날에는

너와 함께 떨어지는 벚꽃잎을
함께 마주하고 싶다

비록 우리의 봄이 피기엔

소박한 바람이겠지만

봄의 시간

그 빛은 흐릿한 잿빛이었다.

소리 없는 외침이 퍼져나가고
울음 없는 절규가 깊숙이 스민다.
매서운 바람은 곳곳에 차가운 생채기를 낸다.

위로가 진심을 담지 못해
식상한 체념이 되고
공감이 감정을 싣지 못해
공허한 미소가 된다.

기운마저 얼어붙어 오들거릴 때,
저 멀리 바스락거리며 봄의 기운이 피어오른다.

가녀린 겨울의 흔적을 마저 지우고 나면,
위로는 제때의 진심을 담고
공감은 적절한 감정을 실어
봄의 따스한 속삭임이 된다.

잔잔한 애틋함이 새싹처럼 퍼져나가고
고요한 믿음이 뿌리처럼 깊숙이 스민다.
웃음 배인 얼굴의 주름 사이사이 봄의 시간이 쌓인다.

이 빛은 선명한 초록빛이었다.

새로움의 봄

꽃이 피는 계절에
새로운 것을 맞이한다

향기로운 것들이 코끝을 간지럽히는 계절에
새로운 것을 본다

몇 개월간의 짐들을 정리하듯이
새로운 것을 들일 자리를 만든다

그렇게 새로운 마음을

새로운 사람을 맞이한다

봄은 새로운 것을 새롭지 않은 마음속에 두는
그런 길의 시작이다.

봄아가씨

겨우내 소록소록하던 여린 아가씨
고요를 깨우는 손길에 기지개를 켠다.
살랑살랑 하늘을 건너는 첫나들이의 푸르른 발자국
한 발, 두 발.
봄 아가씨 첫발은 진한 온도를 남긴다.

봄은 사랑을 닮았다

살랑이는 목소리가 콧잔등을 간지럽히는 봄
새록새록 피어난 꽃송이가 하늘하늘 무용한다.
무용수 심장은 설렘의 향기를 배웠다.
봄은 사랑을 닮았다.
향기같이 날아온 그대는 봄을 닮았다.

봄의 계절

뭉게꽃이 맞이하는 새털구름에 띄운 작은 조각배 하나.
조각배가 거닐며 수놓은 꽃잎이 사랑오워 그저 잠시
몸을 누인다.
온화한 미소를 머금은 싱그러운 바람이 별을 흩뿌렸다.
우리는 이렇게 봄을 본다.

벚꽃

햇볕의 입김이 뺨에 닿을 때
발그레한 눈 봉오리가 맺힌다
바람을 불어넣을수록
눈꽃이 피어난다
허락된 시간은 열흘,
분홍빛 뺨의 하얀 웃음을 보며
눈처럼 날려
소금처럼 흩뿌려진다.

춘곤증

중천에 해가 떴다 빨갛게 데워진 바람이 분다.

하얀 구름 같은 눈이 시리다. 눈방울이 떨어지기 전에

블랙홀로 빠져든다. 시계 초침 소리가 멈춘 듯 흐른다.

중천에 달이 떴다 노랗게 데워진 바람이 분다.

위안

나무 한 그루가 있다
호수만 한 그림자가 드리워진

초록빛 종소리가 울리고
나무 그림자 위에 한 그림자가 포개진다
밤의 그림자가 드리워진 눈으로
나무다리에 걸터앉아
유성 같은 바람을 길게 뱉는다, 그는
나무의 시선이 머무는 방향으로
한참 동안 바라본다, 서로

아무 말도 건네지 않은 채

나무 그림자 아래로 한 그림자가 떠나고
등 뒤로 초록빛 종소리가 울린다.

봄 동요

봄 하면 노랑

노랑은 개나리

개나리는 예뻐

예쁜 건 벚꽃

벚꽃은 분홍

분홍은 솜사탕

솜사탕은 달달해

달달한 건

지금 너와의 봄

다시 봄

창가 비추는 은은한 봄 햇살이
겨우내 꽁꽁 얼어붙은 추위
따스히 녹여내듯
봄 햇살이 너의 마음에도 내려
겨우내 꽁꽁 얼어붙은 너를 녹이고
다시 파릇한 우리라면 얼마나 좋을까

봄 풍경

앙증맞은 개나리 아옹에는 아이 닮아 앙증맞고
분홍 진달래 옅은 엄마 미소 닮아 곱고
노란 민들레 굳건해 기특하고
겨우내 추위를 잘 견뎌낸 나는 대견히 아름답다.

네가 왔다.

마음이 살랑여서 봄이 왔구나 했는데
자세히 들여다보니
내 마음에 봄 내음 머금은 네가 있더라.

봄 소리

고요한 밤길 끝에 스르르 땅이 녹는다
우리 엄마 깊은 설움도 녹아내리는 날 올까

화사한 아침 햇살에 봄이 흘러내린다
우리 엄마 묻힌 꿈에도 봄이 흐르는 날 올까

다정한 연인의 웃음처럼
봄 소리가 들린다

따듯한 손님의 걸음처럼
봄 소리가 들린다

화목한 가족의 식탁처럼
봄 소리가 들린다

뜰 위에 풀잎 사이로 속삭이듯 봄비가 내린다
우리 엄마 아린 가슴 위에도
우리 동생 여린 오늘 위에도
춤사위 경쾌한 봄비가 사뿐히 내린다

빗물 위에 발자국이 사라지듯
우리 가족 가슴 아픔도 사라지면 좋겠다.

그러다, 봄

불혹이 넘었다.

그런데 나는 여전히 자전거도 못 타는 뚜벅이다.

일곱 살 유치원 때다.

운동장에서 반을 나누어 자전거 타기 시합을 했다.

친구의 손 터치 바통을 이어받은 나는 호기롭게 자전거에 올라탔다.

페달에 발을 올린 순간, "어? 왜 안 되지?"

반대편 페달을 세게 밟은 순간~ 드디어 자전거가 움

직이기 시작했다.
'어~~~? 이러면 안 되는데~ 이게 아닌데'
내 자전거는 뒤로 움직이고 있었다.

페달을 앞으로 가도록 밟아야 하는데 패달 밟는 법을
몰랐던 나는 반대로 밟았고~ 긴박했던 자전거 시합은
갑자기 뒤로 가버린 나 때문에 어이없이 끝나버렸다.

일곱 살의 자전거는 30년이 훌쩍 지난 지금까지도 거
꾸로 가고 있다. 그것도 아주 생생한 기억 속에서 마
치 지금 타고 있는 것처럼 생생하게 꼬리 물기를 하
고 있다.

그러다, 본다.
일곱 살의 나보다 더 어린아이들이 자전거 타는 모습을.

그러다, 본다.
함께 걷는 엄마의 힘찬 응원과 뒤를 지키는 아빠의

우직한 믿음을.

그러다, 본다.
복잡한 대도시 올라가기 전에 서둘러야 한다고 2주
퀵 코스로 취득한 운전면허증.

면허를 땄다. 벌써 10년 갱신 기간이 되었다.
하지만 나는 10년 동안 운전을 한 번도 해본 적 없는
장롱 면허다.

절대 불가. 면허 없는 게 여럿의 생명을 살리는 길이
라며 걱정했던 지인들의 만류를 뿌리치고, 보란 듯이
한 번에 면허를 땄다.

면허 취득 한 달 즈음. 임신 사실을 알게 되었다. 절대
안정이 필요했던 극초기 안정기를 시작으로 3년 정도
운전대 잡을 일이 없었다.

교통 혼잡한 대도시에서 이사한 어느 날, 아이를 어린이집에 보내고 신랑에게 운전 연수를 부탁했다. 신랑과 절대 하지 말아야 할 그 한 가지를 하고 말았다.

위험을 감당하기 어려웠을 신랑은 40여 분 동안 나를 동네 골목길로 인도했다. 완전 초보 운전자에게 골목 운전을 연습하라고 시킨 사랑 많은 신랑님 덕분에 나는 그 후로 10년 가까이 운전석에 앉을 일이 없다.
겁 많은 아내에게 아이의 생명까지 담보해서 운전대를 맡길 수 없었던 신랑의 큰 그림이 아니었을까⋯. 생각한다^^;;

그러다, 본다.
운전 못해서 환갑 훌쩍 지난 오늘까지 평생 뚜벅이로 주춤거리는 우리 엄마를.

그러다, 본다.
주말, 방학, 모임 있는 날이면 짐 가방, 어린 둘째, 큰 첫째까지. 온몸과 정신으로 분주한 뚜벅이 내 모습을.

그러다, 본다.
그 어린 시절 어느 날, 자전거 가르쳐주시겠다며 안장
을 붙잡던 우리 아빠.
논두렁으로 굴러버린 딸을 털어주며, 아빠가 태워줄
테니 위험한 자전거 혼자 타지 말라고…. 그 뒤로 평
생~ 자전거 안 가르쳐 주시고…. 훌쩍 이사 가버린 우
리 아빠 계신 하늘을.

미망인의 봄

미망인: 남편이 사망하면 처도 함께 죽어야 하는데 아직 생존하고 있다는 뜻으로 처가 자기를 겸해서 하는 말이다.

한자를 그대로 해석하면 '아직 죽지 않은 여인'이다. 우리 엄마가 그랬다.

20년 넘게 살 부딪히며 살아온 남편을 하루아침에 보냈다.

멀쩡한 사람을 괜히 수술받게 해서 죽게 만들어 놓고 아직 죽지 않은 여인…. 싫다는 사람을 억지로 수술실에 밀어 넣어 죽게 만들고는 아직 죽지 않은 여인..아빠는 마흔 살 되시던 겨울~ 설날 연휴 끝에 돌아가셨다.

돈 없어 남편 죽게 만들고 싶지 않았던 우리 엄마, 다른 장기 전부 깨끗해서 비장 수술만 하면 건강하게 살 수 있다는 말을 철석같이 믿었다. 비장 수술만 하면 사는데 전혀 문제없다는 의사를 하나님처럼 믿었다.

그 믿음은 3주를 못 가고 산산이 부서져 버렸다.
부서진 건 의사를 향한 신뢰뿐만이 아니었다. 준비된 이별이 존재하기는 하는 걸까.. 예고 없이 찾아온 남편의 죽음으로 하루아침에 미망인이 된 우리 엄마 인생은 그야말로 산산조각났다.

안팎으로 남편의 손, 발이 절대적으로 필요한 시골 석가래 기와집도 알아차렸나 보다. 가장이 없어졌는데

집의 석가래 지붕이 삭아 내리고 대문 기둥이 무너졌다. 밖에서 보면 집이 기울어져 있는 게 보일 정도로 말이다.

하늘의 해, 달, 별이 떨어지던 그해 겨울. 1월의 차가운 눈이 유난히 펑펑 쏟아지던 그날이 지나고 처마 끝 고드름도 녹아 흐르는 봄.

미망인의 봄은 아직도 시린 가슴 끝에 고드름이 꽁꽁 매달려 있었고
여전히 아린 오늘 끝에 찬 공기가 맴돌았다.

그렇게 우리 엄마의 봄을 마주했다.

마치 위태로운 우리 엄마 상태를 나타내기라도 하듯이 미망인의 봄은 결코 화창하지 않았고 절대 따듯하지 않았다.

남편 잃고 허전한 옆자리 챙길 여유 따위는 없었다.

아빠 잃은 아들, 딸의 마음 눈치 보랴
남편 빈자리 채워 가장으로 살아내랴
젊은 아들 앞세운 시어머니 일상 헤아리랴

미망인에게 봄날의 햇살은 마주하기 힘든 사치였고,
고된 하루를 버티고 일상의 설움을 견뎌야 하는 광야
였다.

이른 새벽 집을 나가 두 무릎이 닳도록 논, 밭에 씨 뿌
리는 수고가 엄마의 봄을 살아내게 했다.

어떻게든 내 새끼들 먹여 살려야 한다는 엄마의 자리
가 엄마의 봄을 지탱해 주었다.

봄이다.
미망인의 봄날, 스무 해가 지나간다.

바람이 불어오니 봄이 왔다

아직 죽지 않은 여인, 우리 엄마.

죽을 수도 없고, 살 수도 없었던 그 숱한 시린 봄날을

먼저 간 남편의 미안함으로 살아내고

남겨진 자식들 버팀목으로 살아내고

홀시어머니의 구멍 난 가슴을 막아서며 살아냈다.

미망인의 봄날은 꽝꽝 얼어붙은 저수지 한편, 금이 간

채로 깨진 물속에 빠진 발처럼 시리고, 아팠다.

그러나

엄마의 봄날은 그 어느 날의 해보다도 따스했고

엄마의 봄날은 그 어떤 무대의 조명보다도 밝았다.

오늘까지 살아남은 여인, 우리 엄마.

미망인의 봄날이 눈부시게 빛난다.

엄마라는 이름으로.

나의 인생 속에서.

봄

꽉 끌어안았던 겨울을
조금씩 녹이고
담뿍 내려
찰랑찰랑 고여든 봄은
설레는 향기를 흩뿌리고

연두 엄지 도장 빼꼼
밤새 너와 눈을 맞추고
아침엔 사랑이 돋을 거야

겨우내 인고한 기다림은
찬란하게 생명을 피우고

숱한 인연들을 지나온 그 위에
오랫동안 너를 피울 거야

그러니 봄아
너를 온전히 보여도 돼

그러니 봄아
천천히 멀어져도 돼

또다시 너를 피울 테니까

2. 최예린

봄이 오면

흐드러지게 만개한 꽃은
꾸밈없는 진심

쏟아지는 수많은 꽃잎은
너를 위한 내 바람들

살랑거리는 나무는
너에게 모두 털어 내는 내 마음

그 길을 걷다 보면

벚꽃길의 시작에 서있을 때
누군가는 오랜만에 본 벚꽃길의 모습에
반가워하고
누군가는 새로운 길의 모습에
낯설어한다

그 길의 시작에는
모두 다 다른 마음이지만
그 길을 걷다 보면

길을 걷고 있는
나의 발걸음을 응원하는
흩날리는 벚꽃잎의 모습이
마치 우리 엄마 같아서

나도 모르는 사이에
스며든 따뜻함에

벚꽃이 거의 다 떨어진
그 길의 끝자락에
서있을 때쯤에는

어느새 모두 미소를
꽃피우며
각자만의 길에
꽃을 피우기 시작한다.

2. 김혜진

봄바람

다가올 봄을 위해
열심히 꽃을 품고 있는데

옆에서 매몰차게
씽씽 지나가는
야속한 너

차가웠던 시간이 지나고
찾아온 봄이라는 시간

매몰찼던 네가 미안했는지
살랑살랑 불어댄다

미안한 마음을 담아
최대한 조심히 불어보지만
하나둘씩 흩어져 날아가는 꽃잎들

짧아져 가는 꽃들의 시간에
어쩔 줄 몰라 하는 바람에게
나무가 속삭인다

어쩌면
짧아서 더 소중한 이 순간에
네가 있어서 모든 사람이
꽃잎들을 볼 수 있었다고
더 아름다웠다고

바람이 불어오니 봄이 왔다

세번의 벚꽃엔딩

#1

"그만 만날까? 우리."

예상은 했을거다 희수도, 그래도 막상 들으니 어이가 없고 기가 차는지, 희수의 또렷한 눈매는 점점 떨리고 흐려졌다.

"이유는? 너 군대도 기다렸던 건 다 잊었나 보네, 내가 기다려준건 같이 미래를 보고 싶어서 그런 거야.

아니면 왜 그 아까운 젊은 날들 전전긍긍하면서 보냈을 것 같아?"

할 수 있는 최대한 날을 세워 말하는 희수였다.

"최근에 나 많이 이상했고 힘들어하는 거 보였지? 모를 수가 없지, 연락도 잘 못 하고, 갑자기 다음날 미안하다고 연락하고, 잠만 자고, 피곤하다는 말이 입에 붙었잖아. 내가 왜 그랬을 것 같아 희수야?"

"뭐 사춘기도 아닌데, 집이라도 나가고 방황이라도 했니? 너희 어머니 우울해하시는 거 때문에 너도 같이 우울한 것 같아서, 옆에서 너 지켜보고 있던 거야. 일부러 이유 안 물었는데 지금 나한테 묻지 말고 네가 제대로 얘기해."

"우리 아버지 빚, 아직 꽤 남았어. 나한테는 많은 돈이야. 자기 실수 다 갚기 전에 목숨 버린 사람이, 우리 아버지잖아. 그거 나랑 엄마랑 처리해야 된다는 거 알지? 그렇게 죽은지 1년 거의 다 돼가는데, 5천에서 천오백 갚았어, 나는 학기 중에 죽어라 알바 두세 개씩 하고, 엄마는 아침 6시부터 식당 나가서 반찬 만들고 설거지한 거, 우리 최소한의 생활비, 월세, 관리비 빼고 다 부은 거야. 근데 그만큼 갚았어, 내가 지금 연애 할때가 아니라는 거 너도 데이트할 때 느낄 수 있었잖아, 그치? 자꾸 약속 미루고, 만나도 금방 헤어지고, 네 앞에서 기죽은 내 얼굴 보면서 너 항상 내색 안 해도 안쓰러워했었지, 네가 데이트 비용 자꾸만 낸다는게 그게 증오스러울 정도로 싫어 희수야. 내 상황을 맞춰주는 네 모습이. 넌 그럴 이유 없는 애잖아."

"내가 해줄 수 있어서 한 건데 네가 왜 난리야. 연인이자 친구인데 힘들 때 그 정도 해주는 게 내가 잘못한 게 되는 거야? 너한테는 그게 잘못이야?"

"어 잘못이야. 그리고 나 남은 것들 처리하려면, 못해도 2~3년이야, 그동안 너 거지같이 연애할래? 그럴 이유가 있을까? 있다고 해도 내가 싫어, 너한테 동정받기도 싫고, 희생을 바라기도 싫어. 그러니까 우리 그만 만나자 희수야, 제발."

23살 봄. 그날에 내가 희수를 놓아주어야 하는 이유, 아주 명확했다. 나랑 만나는 희수의 모습이 힘들어 보였으니까. 혹여, 그래 보이지 않을지라도, 분명 그렇게 될 거였으니.

희수는 지금 힘들 이유가 없는 사람. 그런데, 단지 내 옆에 있는 것. 그 하나 때문에 내 불행에 영향을 받는다면? 그것도 세상에서 제일 사랑하는 사람이 말이다. 과연 그 상황에서 스스로를 증오하지 않을 사람이 있을까?

그저 하루하루 죄책감이 커지는 것.

우리 사이에 커지는 건 그것뿐. 그 목메는 기분을 느끼는 건 꽤 힘들었다.

날이 풀려 옷이 한결 가벼워진 4월 봄날.

모처럼 가벼운 가디건을 입고 나온 희수에게, 난 이별을 말했다.

#2

아버지의 사업 실패로 도시에서 작은 근교의 구축 빌라로 이사온 우리 가족.

어린 나는 정확한 상황을 알 수 없었지만, 엄마의 불그스름한 눈빛을 보면 힘들다는 정도는 알 수 있었다.

파란 용달차가 이삿짐을 푸는 동안, 시멘트 바닥에 앉아서 이런저런 장난을 치며 시간을 때우던 그날에,

"너 처음 보네? 이름이 뭐냐?!"

같은 동에 살던 희수와 처음 만나게 되었고, 우리는
그때 6살이었다.
"나…. 는 준이, 현 준."

"준이?! 난 희수, 서희수!"

희수는 내 이름을 알게 된 그날에 바로 별명을 붙였는
데 그건 그냥 내가 현씨여서, 정말 단순한 이유였다.

"야 현무암~~~ 우리 경도하자!"

6살에 생긴 내 첫 친구.
꼬맹이 시절 너는 나를 현무암이라고 자주 불렀지만,
난 너를 희수라고 불렀다.

#3

그렇게 계속 같은 동네에서 자라던 나와 희수는, 동네 이웃 주민이자, 동창, 그리고 꽤 오래된 친구가 되어 있었다.

사춘기에 들어서고, 생각이라는 걸 하게 되는 나이부터 희수한테는 내가 힘든 일이 있을 때 전화해서 푸념할 수 있는 친구, 연애 상담을 진지하게 털어놓을 수 있는 친구, 가정사를 다 알 정도로 믿는 친구.

아마 그런 사람이었다.

나도 물론 마찬가지였다.

나한테는 희수가 힘든 일이 있을 때 전화해서 푸념할 수 있는 친구, 배고플 때 같이 밥 먹을 수 있는 친구, 가정사를 다 알 정도로 믿는 친구.

그리고 점점 내가 가장 좋아하는 여자가 되었다.

그렇게 희수가 나를 생각하는 것보다는 조금씩 더 특별해졌을 뿐.

서로의 좋은 친구인 것, 그건 변하지 않았다.
-

희수에게 마음이 생겼다는 걸 스스로 알게 된 19살.
당시 유행했던 힙합이건, 발라드건, R&B건 모든 게 왜인지 나를 위한 노래 같았다. 귀에 꽂힌 줄 이어폰을 무기 삼아 아련하게 센치해져도 보고, 슬퍼도 보고, 진지하게 고민도 해봤었다.
괜스레 항상 똑같은 희수에게 삐져보기도 하고, 짜증도 내보고, 혼자 설레어도 봤다.

미친놈이었을 거다. 아마도.

희수가 줄곧 자주 말했던,
"우리 좋은 대학 가서, 좋은 사람 만나야지!"

그 말속에 좋은 사람이 서로가 되길 바라게 되었다.
-

열아홉 수험생 시절 우린 서로의 앞날을 응원하면서
열심히 공부했고, 비록 대학가는 다르지만, 나란히 인
서울에 합격했다.

합격발표가 나던 그날, 희수네 집 우리집 할 것 없는
모두의 축제 분위기 속에, ('그' 3대 학교는 아니었지
만….)개천에서 용 났다며 눈물을 흘리던 어머님들.
묵묵히 고기를 구우시던 아버님들.

그렇게 두 가족이 같이 저녁을 먹고, 거하게 취하신
아버님들은 먼저 단잠에 빠지셨다.

슬슬 그날의 저녁 자리가 마무리될 무렵, 희수에게 용기 내 물었다.

"희수야, 오랜만에 옥상에서 얘기나 할래?"

"뭐냐 추워죽겠는데…. 알겠어! 네가 담요랑 돗자리 들고 와라, 나 감기 걸리면 네 책임이다 뿐아~"

"어 알겠어! 먼저 올라가~"

몇 가지 과자와 희수가 들고 오라던 것들을 들고 옥상으로 올라가는 그 1~2분이 얼마나 떨리던지, 난생 처음으로 여자한테 고백하려는 남자의 긴장감…. 마치 토하기 직전이 이런 기분일까 싶었다.

"야야 왜 이렇게 늦게 와, 나 담요."

희수에게 담요를 건네주고, 돗자리에 앉아 과자를 까

먹으며 수다를 떨었다.

"야 무암아, 진짜 신기하지 않냐. 여기서 유치원, 초중
고를 다 나왔네. 이사 한번을 안 가고 이제 여기서 곧
대학도 다니겠네, 너 통학할 거지?"

"어, 나 무조건 통학."

"근데 너는 왜? 난 딸이라서 아빠가 자취 절대 반대.
거의 이마에 흰띠 두르기 직전이라 못하는 건데, 너도
부모님이 반대하셔?"

"아니, 그런 건 없어 딱히."

"그럼, 왜? 여기서 꽤 걸리잖아. 왕복 2시간은 걸릴 텐
데? 아… 근데 우리가 또 돈이 없긴 하지… 자취 포기
이해한다…."

"딱히 그것도 아닌데, 나 그냥 너랑 같이 집 오고 싶어서 통학하는 거야."

무슨 소리야라는 눈빛으로 날 바라보는 희수였다.

"나 너랑 대학 가서도 자주 보고 싶어, 집에도 같이 오고 싶고… 근데 이제는 손도 잡고 싶고, 데이트도 하고 싶어. 그냥 밥 먹는 거 말고, 진짜 데이트. 나 너 많이 좋아해, 희수야."

내가 잘 정리해서 한 말에, 너는 대답이 없었다.

"미안해, 너무 갑작스러웠지? 부담스러우면 그냥…"

"야 고민하는 척은 해야 할 거 아니야~ 참을성이 없네, 진짜로.."

희수는 내 손을 꼭 잡아주었고, 우리의 첫 연애가 시

작된 20살의 밤이었다.

#4

서로 다른 대학에서 열심히 공부하고, 의지가 되며 살았던 20살과 21살의 우리.
희수가 있었기에, 캠퍼스 생활은 대부분 즐거웠다.
그러다 2학년 무렵 나는 군대에 갔고, 희수는 나를 당연하다는 듯, 기다려주었다.

"준아… 너 그 소식 어머니한테 들었어?"

면회 온 희수가 꺼낸 말은, 내게 너무나 무거웠다.

"아버지가 이번에 권고사직 당하셨대. 지금 아직 일 못 구하시고 어머니 일 나가시면 집에 혼자 계시는데, 많이 외로워 보이셔서 우리 아빠도 자주 연락하는데 잘 안 받으신대. 너도 편지 자주 써드리고 전화 자주

해드려. 너한테는 아마 창피하셔서 말 안 하시는 것
같아.”

과거 사업에 실패한 아버지는 한 공장에서 기계공으
로 오래 일하셨고, 본인이 남긴 부채를 조금씩이나마
꾸준히 갚고 계셨다.

어린 자식이 있던 시절 겪었던 실패. 그렇기에 더더
욱, 실패에 대한 두려움과 후회가 크던 아버지였기에,
아버지의 실직 소식은 나에게도 큰 두려움을 안겨주
었다. ‘혹시나’, ‘설마’가 앞에 오는 부정적인 생각들
이 꼬리를 물고 머리를 복잡하게 만들었다.
천천히 불행이 걸어오는 느낌, 단지 느낌일 거라 믿어
의심치 않았다.

그리고, 그 소식을 듣고 한 달 뒤에, 특별 휴가를 나가
게 되었다.
아버지의 상. 그 때문이었다.

-

22살 5월, 우리집의 가장은 없어졌다.

작은 월셋집 안 세 식구의 단단한 버팀목, 나의 아버지, 그리고 어머니의 남편인 그는, 스스로 무거운 삶을 내려놓았다.

그날엔 늦은 봄비가 조금씩 내렸고, 꽤 쌀쌀한 저녁이었다.

#5

희수와 헤어진 후로 정말 열심히 살았고, 코피가 터지고 쓰러지더라도 학업은 놓지 않았기에 26살 무렵 대학을 졸업할 수 있었다.

학업을 놓지 않았던 건, 내가 가진 가장 큰 걸 포기했던 그날에 결심했기 때문이었다. 그 이외의 것들은 절대로 놓지 않겠다고 말이다. 그마저도 포기하면 내 인생에 남은 건 아무것도 없을 테니.

졸업식이 있던 날, 이미 직장인이 되어있던 희수에게
전화를 걸었고, 만나자고 말했다.

"오랜만이네?"
"그러게, 준아. 너도 사회인 다됐네 이제~ 힘들 거다
직장인…"

"각오하고 있지. 너 몇 년 됐지?"

"나 이제 2년 차? 선배라고 해라~"

오랜만에 만나도 어색함이 없는 게 오랜 친구의 장점
이라고 어머니는 자주 말하셨다.
어머니의 말처럼, 우리는 몇 년의 공백이 무색하리만
큼, 마치 10대 시절로 돌아간 듯이 서로가 편해졌다.

"근데 너 요즘 뭐 하고 살아?"

"나 그냥 일하고, 그러지 뭐."

"만나는 사람… 있어?"

말이 없던 너였다.

"아 있구나~ 잘됐지, 뭐, 너도 좋은 사람 만나야지."

"준아,"

"어…. 왜?"

"나 얼마 전에 옆 건물 증권가 다니는 사람이랑 소개 팅했거든, 근데 그 사람 되게 괜찮아. 모난 데 없이 잘 큰 느낌? 집도 되게 안정적이고, 부모님이랑도 사이 되게 좋더라."

"아~ 그래? 잘됐다. 너는 어떤데?"

"나도… 괜찮은 것 같아. 만날 마음 있어. 진지하게."

"그래, 좋은 사람이라고 하니까 마음이 놓이네…."

"왜 안 말려.?"

잠깐의 정적이 흐르고, 희수는 약간의 노여움이 있는 듯이 울먹이며 나를 쳐다봤다.

"뭘 말려…? 내가 어떻게 말려… 나 살자고 너 버리고 도망갔는데, 무슨 자격으로, 어떤 권리로 네가 좋은 사람 만나는 걸 말리냐? 나 그 정도로 별로인 사람은 아니야, 오늘 내가 계산할게. 너 그 사람이랑 잘 만나 봐. 친구로서 진심이야."

더는 네 눈을 볼 수가 없어서, 도망치듯 자리를 정리

하고 나왔다. 이제는 옛 친구로서, 희수의 미래를 응원해 주는 것만이 내 할 일 이었다. 이기적인 마음으로 내 옆에 묶어둘 수 없었으니, 나는 아직 사회에서 구석 자리도 못 잡은 졸업생일 뿐이었다.

#6

최근에 들려온 소식으로, 희수는 그때 그 사람과 결혼하는 것 같다.

희수가 봄날에 신부라며, 내 앞에서 말실수를 한 우리 어머니 덕분에 알게 된 희수의 결혼 소식.

난 애써 진심으로 궁금한 척, 쿨한척하며 어머니에게 보내온 희수의 모바일 청첩장을 보았다.

그리고…. 그 안에 희수는 정말 너무 예뻤다.

여러 가지 감정들을 표현할 순 없었지만, 축복하고 축하했다. 그건 확실하다.

왜냐하면, 조금씩 더 특별해졌을 뿐.
서로의 좋은 친구였던 것, 그건 변하지 않았다.

희수가 줄곧 자주 말했던,
"우리 좋은 대학 가서, 좋은 사람 만나야지!"

그 말속에 좋은 사람을 잘 만난 것 같아 기뻤다.

28살 5월, 희수는 좋은 사람의 신부가 되었고, 새로운 행복의 시작을 맞이한다.

희수에게 행복한 날만이 가득하길 바라고 바랐던, 올해는 나에게도 따뜻한 봄날이 될까.

춤의 버드나무

온 힘을 빼고
바람의 결을 따라 흔들리는
버드나무

상긋함이 만연한 봄에
축 처진 어깨처럼 그저 흔들리는
버드나무

힘없이 흔들리는 저 버드나무는
곱고 향긋한 봄의 이름들보다

조금 더 성숙한 모양 같다

언젠가 태어나 언젠가 지는 것을
그리고 다시 찾아오는 계절에
또 다른 의미로서 태어난다는 것을 아는 듯한 버드나무

어떤 모습으로 살아가는지에 전혀 개의치 않고
오직 흔들림만이 당신다운 움직임이라는 신념의 리
듬으로
오늘도 열심히 춤을 추는
저 버드나무

포레스트 웨일 공동 작가

바람이 불어오니 봄이 왔다

초판 1쇄 발행 2024년 4월 01일
초판 1쇄 인쇄 2024년 4월 08일

지은이   김채림(수풀) | 한민진 | 투야니 | starlit w | 보고쓰다 | 최정은
          꿈꾸는쟁이 | 손아정 | 다담 | 마뜩한 별 글 | 정수환 | 정예은
          백우미 | 은아 | 장서윤 | 윈터 | 진지혜 | 별찌 | 작은나무 | 가명
          노기연 | 느루 | 미소 | 글쟝 | 사랑의 빛 | 최예린 | 김혜진 | 김미생
          황엽

디자인   포레스트 웨일
펴낸이   포레스트 웨일
펴낸곳   포레스트 웨일
출판등록   제2021 - 000014 호
주소   충남 아산시 아산로 103-17
전자우편   forestwhalepublish@naver.com

전자책   979-11-93963-01-2
종이책   979-11-93963-03-6

작가님들과 함께 성장하는 출판사
포레스트 웨일입니다.
작가님들의 소중한 원고를 받고 있습니다.
forestwhalepublish@naver.com